歌集

赤心

前川昭一

短歌研究社

目次

赤心

装幀　岡　孝治
カバー　蘭溪道隆書

二〇一三年（平成二十五年）

一月

円安の株高の年ウィーンフィルのニューイヤーコンサートポルカで始まる

ウィーンフィルのコンサートにワルツポルカ多しウィーンはハプスブルクの帝都

指揮しゐるウェルザー・メスト若々し我行きし時は老練メータ

原爆の破壊凄まじその町を復興したる広島凄まじ

人間釈迦のご遺骨奉る日本での唯一の寺日泰寺に再拝す

二月

二月には毎年ルソンに来る我はタガログ語はマブハイのみしか言へず

青々と三毛作の水田がルソンの太陽を一杯に吸ふ

マニラには日本語チャンネル一つのみ退屈なテレビを眺めてをりぬ

昭和十九年特攻機飛び出ししルソンの基地跡夏草茫々

殆どの天文学者は宇宙人居ると興味津々どの星なるや

三月

白鵬の仕切りの睨みに八一詠む戒壇院のびるばくしや思ふ

水割りと頼めば当たり前のごと泡盛で出る那覇の居酒屋

トラストミーと言ひてトラストされざりし男のこのこ沖縄に来ぬ

友の住む町にしあれば台中を遠き故郷の如く通過す

京都愛づる我が為清水寺を画き台湾の婦人が土産とくれぬ

四月

原発の補助金なくなり閉学する敦賀短大の広きキャンパス

日系のフィリピン学生招聘し留学させゐる短大なるに

添ひ寝して愛犬撫でる君の腕白く柔らかくしなやかである

今月は二度目の台湾訪問で又もや過剰な接待に遭ふ

日本時代の総督府の建物そのままに台湾総統使ひ呉るる国

五月

由紀さおり追つかけのあとはロシアの旅ボリショイ劇場でスパルタクス観ぬ

ファベルジェがお目当てと言ふ君のあと興味なき我付いて行きたり

モスクワのメトロポールに四泊すソ連時代この部屋で飯を炊きたり

西側のブランド品がグムに充つマルクスの像空しく立てり

五十九年ロシアに通ひ得し友とモスクワでしみじみウォッカ呑みぬ

六月

九十五歳の知人の葬儀の読経中八十六歳は自己見つめをり

隆起せる室戸海岸荒々し日本画にも見ぬ強き岩肌

室戸での総会終へて安芸へ来ぬ岩崎弥太郎の生家を見んと

弥太郎の生家は四部屋の中農たり毛沢東も中農の出

岩崎家とゆかりの祥子さんの為弥太郎生家を八枚撮りぬ

七月

微醺帯びし如く微熱は心地よしベッドでロシアの旅思ひをり

潤ひの少なくなりし女体の芯をさらりと描く作家岸恵子

遷宮の実況見てをり皇国史観をたたき込まれし生徒に帰り

最高位の仏の衣は飾りなし男のなりもシンプルが良い

ウィーン巡る女優は「すごい！」「すごい！」のみ語彙の不足か感性鈍きか

八月

サハリン州博物館良し樺太庁博物館の建物のまま
三年前訪ひし時より邦人の生活展示少なくなりぬ

サハリンは日本の中古車町に充つ今日も日本車でホテルに帰る

レーニン像もレーニン通りもいまだあり二〇一三年ユジノサハリンスク

チェーホフの博物館で亡き人とヤルタの旧居訪ひし日思ふ

九月

楽しみは寝る前ひとときブランデー飲み買ひ置きし本を乱読する時

美しき日本語の詞を美しきソプラノで安田祥子が歌ふ

札幌の大通りに小さき白き花名前はオリヅルランといふらし

「少年よ大志を抱け」のすぐあとに「ノット・フォー・マネー」のあるを忘れじ

京町家の富佐江さんよりちまき来ぬ玄関に去年のものと替へたり

十月

一週間ウィーンに居りて気付きたり古都の空気は京都に似をり

エーデルワイスの曲流れ居るホイリゲにウィーン二日目家族と来たり

日本語の「月刊ウィーン」に日本人会ソフトボールの大きな写真

ホテルザッハーとディメールとでザッハートルテの本家争ふも共に甘過ぐ

ブダペストの女《ひと》と巡りしブラチスラバ三十年経しも彿変らず

十一月

天竺の王舎城霊鷲山鹿野苑我は全てにお参りしたり

スジャータがゴータマに乳糜《にゅうび》捧げたる尼連禅河の砂拾ひ来ぬ

因縁所生《いんねんしよしやう》 宇宙の業力に我帰依す全てあるまま全てそのまま

東京で券買へざりし玉三郎のアマテラスを京都の南座で観ぬ

一人呑む冷酒のカップはブダペストの女《ひと》と二人で選びたるもの

十二月

ウイグル族が天安門で自爆すとトルファンで焼肉食ひし夜思ふ

モンゴルの両横綱倒せし稀勢の里表情変へず淡々と去る

対馬には亡き人と行きぬ壱岐にかく良き焼酎のあるは知らざり

原色の看板強く自己主張台北下町に温もりのあり

今回も二階の書画のみ鑑賞し故宮博物院を出で来ぬ

二〇一四年（平成二十六年）

一月

大晦日も出勤お屠蘇もお昼から官僚喜平の年末年始

決済の責ある職は辞めてをり八十七歳元日安らか

ほろ酔ひてニューイヤーコンサート聴きてをり楽友協会での席見つめつつ

見た事もなき弦楽器柔らかしチェコかハンガリーの民族楽器か

青臭き平和ボケせる議論聞く竹島北方四島侵されゐるに

二月

「白鳥の湖」「火の鳥」バレエ団がロシア演出し五輪開会

ラフマニノフに乗りてトリプルアクセル決む真央はオリンピックの魔物恐れず

モスクワゆ幾度か訪ねしソチの街ソ連時代も華やかなりき

バレンタインチョコレート四人がくれにけりいづれも義理ではなき婦人から

おほらかに前川佐美雄揮毫せる紙につつみて奈良漬届く

三月

ばつさりと剪定されし梅の枝紅点々と青空に浮く

白内障手術五分で終りたり五分で宇宙が眩しくなりぬ

アルコールは五日ゴルフは一ヶ月術後の禁止事項これのみ

そば焼酎そば湯で割りてそば屋で呑むあてはおでんと厚焼き玉子

性愛を否定せぬ密教理趣経を考へ疑ひ読み終りたり

四月

亡き人と孫連れ花見に来し頃はここに野師らの露店ありたり

台北の松山《ソンシャン》国際線となり今日は羽田ゆここに降り来ぬ

京フィルの指揮者齊藤一郎君の披露コンサートに京都へ来たり

ロシア人のコトフが美味しと喜びし京のホテルの朝粥を食ふ

原爆の被爆を言挙げせぬ国を戦地での娼婦を恨み抜く国

五月

「外人」が差別用語になる訳を言語学者に質してみたし

京野菜にひかれてフランス料理店を御所の近くに開きしステファン

ソ連での我の対決場所たりし貿易省のビルくすみをり

アルカイックスマイルをアスカイックスマイルと飛鳥巡りし若き日の夏

かけ出しざま振り返り母を確認し又かけ行きぬ幼ら二人

六月

ガリラヤでイエスも食べしセントピーターズフィッシュを食べぬ味淡かりき

カナ教会でウェディングワインを娘等にも勧めて飲みぬ飲みやすかりし

イエスの父ヨセフの仕事場覗きたり聖書にあまり出て来ぬ人の

処刑さるる主を見捨てたる弱かりしペテロ復活せる主に会ひし浜

死海での浮遊体験安からじ孫の助けで浮きはしたれど

七月

信者には非ざる我もエルサレム・ナザレ・ガリラヤに思ひ持ちゐき

帰国して十八日目にガザ空爆又又応酬戦争始まる

テルアビブのモールで会ひし学生の如き兵等も戦ひをるか

直島の地中美術館それ自体が美術品と言ふも我は馴染めず

モネの絵の五点も見んと来れども睡蓮の色澄みてはをらず

八月

後祭り終りてもなほホテルにはコンチキチンが低く流るる

湖に沿ひて町並細長し大津の宮はどの辺りならん

琵琶湖でのクルーズ船は五大湖で見し様式で名はミシガンとあり

強打者はゴルフと同じしなやかに芯をぶらさず振り抜きてをり

小学校六年生から始まりぬ家業の吉野林業山林見廻り

九月

映画館に意気込みて「ノア」を観に来れど冗長のまま終りてしまひぬ

方舟の着きしと伝ふアララト山をエレバンより見しは夏の日なりき

東京と気温も人情も変らざる台北に今日夏の風吹く

台北の歌会に参加許されて台湾がさらに近くなりたり

祇園祭鉾を飾るはタペストリーこの柔軟さがノーベル賞生む

十月

山内の土産物屋で天龍寺の数珠を買ひたり老師偲びて

悠然たる書に八十五翁と落款あり我より若き翁の見事さ

料亭に百歳といふ鯉泳ぐ曹源池にもかかる鯉居ぬ

新粧の京都国立博物館四日目すでに混みては居らず

幼な児を自転車に乗せカーブ切る化粧せぬ母の口許険し

十一月

髭剃らずパジャマのままで家に居り三連休の温かき昼

韓国の友が日本に再赴任するまで青瓦台よ反日止めよ

諸国民の公正と信義に信頼する国の領海に中国船二百

国産と敢へて大きく表示せる文字を誇らしく眺めてをりぬ

干物食めば残りし骨を湯に浸しすすりし戦時下の母を思へり

十二月

国際ロータリー会長になりし黄さんが孔子はロータリアンたりしと説けり

妹は柔らかき柿我は固き柿子規は如何なる柿を愛でしや

ＧＤＰとはその国民のモラル力日本人はモラルが高し

日曜も出社しベッドに電話機置きエコノミックアニマルたりし若き日

難波の事は夢の又夢我も又ソ連向輸出は夢の又夢

二〇一五年（平成二十七年）

一月

「酒・女・歌」に合はせてバレエ舞ふウィーンフィルを居間で見てをり

ヨハン・シュトラウスの一家は確執強かりしと安田祥子・由紀さおりにはなし

遺言書書き終へ金庫にしまひたり新年の昼燦々と温し

我が老師印可授り賜ひたる天龍寺に来ぬ微熱はあれど

平然と尖閣諸島は中国領と嘯く報道官は美人ではある

二月

三十八度とアナウンス聞きてジャケット脱ぐ二月八日マニラ空港

雲流るる比島上空飛びをれば思ひだす本一冊ありぬ

早春のマニラの夕路地に咲くブーゲンビリアの真紅鮮やか

チャイコフスキーの旧居で彼のピアノ弾く全盲の辻井伸行ひるまず

花巻は宮沢賢治の町なるに泊りしホテルは豪華絢爛

三月

婦人デーモスクワで輸入公団の婦人等にチューリップ贈りし日あり

那覇空港限定のスイートポテト買ひソーキそば食ひ搭乗を待つ

ノーベル賞でストックホルム映りをり特許購入で通ひつめし町

新幹線の中で思ひぬ昨夜観しジーザス・クライストのロックの響

ポーランド大統領来日レセプションはショパンのピアノ曲で始まる

四月

京の女等《ひと》とランチ食べつつ今回の花見と料理を相談しをり

京の女等と花見をせしは何ヵ所か常照皇寺を訪ねし事あり

今日は晴明日より雨になると言ふ木屋町の桜まぶしく揺るる

神苑の木漏日の下底浅きせせらぎの水澄みて流るる

東京と京都の違ひ春の京都は桜の中に浮びゐる町

五月

出身地にカタカナ多し幕内に十三名がモンゴルとあり

文字もなき倭国に文物伝へたる百済の宮跡は石塔一つたり

釈尊は生老病死で出家し賜ふ老人我に艶ある友あり

羽田には警官目立つイスラム国で後藤さん殺害されて三日目

恵まれぬ子等の写真を世に問ひしヒューマニスト殺害を聖戦《ジハード》と言ふか

六月

ゲルニカはピカソの怒り日本の原爆の怒りは誰が画くのか

行き摩りに靖国神社に立ち寄りぬ遊就館に見たきものあり

豊穣が当り前の世靖国で逝きし優秀な先輩思ふ

七十年前に我等の先輩は靖国で会はうと散りしといふが

この春は京都東京北上川と桜を追ひて出張したり

七月

袈裟かけて早稲田の校歌歌ふ僧稲門仏教会の総会

博多での会に半日早く来ぬ松永安左エ門展観んと

古美術と友情とには妥協せぬ松永安左エ門集めし墨跡

身長を居間の柱に記しゐし孫が我が子の丈きざみゆく

娘来て我の好みのすし作りメロゴールドを剝きて帰りぬ

八月

浴衣着の少女が二人嵯峨野行きに乗りをり素足にマニキュアをして

曹源池越え来る嵯峨野の風涼し夏盛りなる天龍寺方丈

夢窓國師の名園も日夜公案を拈提せし我が師の目に入りしや

天龍寺の額「方丈」に見とれをり禅宗面目単純雄渾

釈尊の覚りストレートに伝へ来し禅宗頼もし五山尊し

九月

純白にエンジでＷＡＳＥＤＡのユニフォーム七十年前と変らずありぬ

今場所も満員御礼続きをり日本の株価もバブル期超えぬ

京五山最古の寺の方丈に入れば蒸し暑さ静かに消えぬ

長岡のゴルフ場より佐渡見ゆる亡き人と三日遊びたる島

三浦さんエベレスト登頂の成功は「年寄り半日仕事」のペースと

十月

ここからは各駅停車になりにけりならば伊勢路を楽しみて行かん

予科練に体験入隊させられし町はこの辺りか富田浜過ぐ

ＭＥＲＳ《マーズ》猛威感染源はラクダらし玄奘三蔵は罹らざりしや

亡き人の三年住みしバンコク今回は彼女の旧居は訪へず

バンコクの公園の名はルンビニータイは上座部仏教の国

十一月

紀伊国屋演劇賞に幾度も共に招かれし島津さん逝く

仏像なく南無釈迦牟尼仏と掛軸あり島津佳男氏の葬儀清潔

盛岡の北上川の岸に沿ひ遊歩道歩む鴨川のごと

芭蕉の句碑賢治の詩碑も秋深き中尊寺山内に苔むしてあり

勝みなみ高校二年で日本アマに優勝したりキャディはお母さん

十二月

紅白の騒々しさも大晦日なりと諦め居間でビール呑みをり

曇天を機が突き抜けし瞬間に蒼穹青し廓然《くわくねん》無《む》聖《しやう》

法顕も玄奘三蔵も歩きたるシルクロードを五時間で越ゆ

八本の白き柱に日が差してボリショイ劇場の朝を散歩す

ヴェルチンスカヤとカモメのニーナ演じたる事など語らんとモスクワへ来しに

二〇一六年（平成二十八年）

一月

不純物なき青空の御来光光芒鋭く我がまなこ射る

充実とは言へねど悔いなく安穏に新年迎ふ八十八歳

ニューイヤーコンサート学友協会では見られざるバレエ艶やかに舞ふ

恒例の我が家の新年家族会待ちゐし曾孫風邪で来られず

マヤ持参の中華のお節我が為か和風が多く詰めてありたり

二月

低空で北ルソン飛べば山近し敗走の日本兵等どこを越えしか

フィリピンで奨学生ら法被着て「ソーラン節」で迎へてくれぬ

娘らとロータリーで来しマニラでも曾孫の服を買ふ旅となる

ゆるやかに黄金が真紅に変りたる夕陽がマニラ湾に沈めり

ボリショイに留学したる晃子《あきこ》さんのバレエスクールの公演に来ぬ

三月

京都にも日本交通走り初む東京と同じ桜とＮで

竹林の七賢人の長き裾酒なき清貧我羨まず

ＡＮＡ航路北方四島を日本領と漢字で黒々明記してをり

東京は師走も温しパリーではＣＯＰ21を成立させせぬ

サンスクリットより日本語に直訳せる植木雅俊氏の法華経新鮮

四月

松本での大会抜けて来し空穂の生家に高野槙色褪せずあり

生け花の如き曾孫が立ち上がり振り返りつつよちよち歩く

「我が祖国」流るる中にチャスラフスカソ連戦車の侵寇語る

龍安寺の石庭放映するテレビバックミュージックはロンドの低音

広々と弘前城にシート敷き今日満開の花見出来たり

五月

壇ノ浦で敗れし平家の落人が祖谷に着くまで幾日経しや

落人が祖谷に架けたるかづら橋見に来る人の駐車場広し

断崖の底を流るる祖谷渓の大歩危《おほぼけ》小歩危《こぼけ》の透明な青

イラン美人サヘル・ローズの目の円ら長安の貴公子を酒肆に呼びし目

早起きし九時に寝るてふ菅原君その時間テレビ見ごたへあるに

六月

立佞武多《たちねぶた》津軽五所川原に納めあり二十三メーター高々と仰ぐ

五所川原に二泊したれど太宰治の斜陽館には行けず帰りき

陽を浴びて登りつめたる首里城に南蛮の風強く吹き上ぐ

ガジュマルの枝地を這ひてのびてをり首里城公園も台風の道

亡き人の名前はナオミ曾孫もナオミ女子プロテニスの名手もなおみ

七月

戦中の中学生我歌ひゐし軍歌懐かしみＣＤ買へり

戦争の真意も知らず洗脳され軍を称へる歌のみ歌ひき

ＣＤの軍歌しみじみ聴きをれば勇猛な曲に悲壮感潜む

武士道とナイトの会見水師営称へし詞は佐佐木信綱

八十九の誕生日は婿の当選日祝賀の熱気に去りかねて居り

八月

大阪の天神祭の大花火やつてみなはれの浪速の根性

沈丁花馥郁と香り部屋に入ればギリシャ国境の難民映る

甲子園女子高生の大会歌新調のユニフォームで選手等聞きゐる

敦賀気比茨城常総懐かしき町の選手が整列し居り

いづこにも女性が多し大相撲砂かぶりさへ女性の目立つ

九月

新幹線昼酒呑みて着きにけり金沢の仕事は懇親会のみ

公園の中にある町金沢市旧制四高の赤れんが毅然

思はざり金沢中村美術館に兀庵《ごったん》普寧《ふねい》の墨跡ありぬ

ガラスのビル西田幾多郎哲学館丘陵に安藤忠雄が建てぬ

浅き水に浮べる思索空間棟静もりてあり鈴木大拙館

十月

二週間前に尋ねし大拙館今日も来たれり静謐恋ひて

金沢で京都を思ふ家並古く犀川浅し鴨川のごと

数々の誕生祝貰ふ児や二十一世紀日本の幸せ

母親に抱かれ足を振る幼この安心度この満足度

狭けれど芝生一色の我が庭は枯山水の砂を模したり

十一月

第六回世界のウチナーンチュ大会那覇の道路は車進まず

我が愛でる甘口泡盛湯で割りて那覇空港に搭乗を待つ

テロ拡散防止策なし人類が生れて二十万年目の星

ピラミッド始皇帝陵に劣らざる大仙陵を見る事叶ひぬ

『帰化人』で我を畿内に呼び込みし同じ年の上田正昭さん逝く

十二月

東福寺六地蔵等京都発奈良行きＪＲの駅名床し

亡き人と幾度も来し萬福寺ＪＲ線は素通りしたり

故老師のご長女のお住まひ探し当て丹後の宮津に会ひに来にけり

五年間参禅したる老師亡くその後の老師の消息伺ふ

雪止みて祇園の夜風清々し酒ほどほどに呑みて来たれば

二〇一七年（平成二十九年）

一月

釈迦牟尼の言行教はりし恩人は大道老師中村元《はじめ》先生

上野教授のオペラ遣唐使物語オーケストラに笙二胡があり

この町が杉原千畝さんの故郷と知らず訪ね来岐阜八百津町

杉原さんに初めて会ひしは息苦しきソ連時代のモスクワなりき

朝寝して買ひおきしお節を昼に食む寝足りし元旦の風すがすがし

二月

今日二月二十六日は東京晴昭和十一年は雪積りをり

建仁寺の門前に大き石二つなんの飾りもなくどつしりと

建仁寺で今回知りぬ聖一國師蘭溪道隆住されし寺と

年老いても味覚は老化せぬといふならば有難く旨酒飲まん

一日に三千歩歩くノルマあり秘書が散歩に誘ひてくれぬ

三月

国民が敬愛措かざりし王逝かる畏れ多くも我と同年

ノーベル賞授賞式にも出席せぬ個性の強き男の髭面

春うらら残り紅梅庭に散る金正男は暗殺されぬ

ブルガリア紹介のテレビに三度訪ねしリラの修道院は映らず

五十九年前にソ連に播きし種今極東にも芽吹き始めぬ

四月

妻逝きて十六年経ぬコンビニとデパ地下ありて平穏な日々

三十年溜め置きし写真整理すれば亡き妻は多くほほゑみてをり

破天荒の大統領出ぬこの人を選びしは神ならぬ米国自身

予測不能の時代に入りしと各メディア世の常ならぬは釈迦の哲学

広島の酔心愛でし大観もこの吟醸酒の芳醇さ知らず

五月

今日の我が生きし著《しる》しは孫を訪ひ曾孫と遊び惚けたること

鈴木大拙「無心」の訳は「チャイルドライクネス」ならば曾孫を我が師とせんか

ある筈と探してゐたる壱岐焼酎遂に見つけぬ「松永安左エ門翁」

焼酎に吟醸酒出でぬ米焼酎ならではのつつしみ深き芳醇

東京に続き奈良でもお別れ会百三歳の頑固な政治家

六月

トランプ後ポピュリズム東西に蔓延す日本は平穏若葉眩しき

バーミヤンの天井壁画復元図頂きぬ事務所正面に掛く

ワルシャワの旧市街地の赤レンガあの角のレストランでウォッカを呑みし

パン屑は捨てても意には介さぬも飯粒残せば罪悪感襲ふ

妙心寺法堂に染み入るご詠歌とオーケストラのコラボレーション

七月

忖度せず総理の前で官房長官を批判する男の 眼《まなこ》澄みをり

中年の女性パーサーアナウンスす潤ふ声で知的に笑みて

機内食繊細な和食でカロリーは四百四十五キロとありぬ

エアラインの格付ANAは5《ファイブ》スターこの決定を我も諾ふ

本があり艶ある友あり美酒があり独り者老人我の強がり

八月

嵐電で太秦を過ぐ広隆寺の御仏は暗き御堂におはせし

天龍寺の建設資金を貿易で稼ぎし夢窓國師の撫で肩

夢窓國師造りたまひし庭なれど曹源池には石多すぐる

三十六まで公案以外の思ひ出なしと平田精耕老師の青春

夏盛り建仁寺前の喫茶店で抹茶チーノなるもの飲みぬ

九月

高瀬川透きて流るる水眺め焼酎飲める店見つけたり

海外旅行の話聞くとき先づ尋ぬ「何年前のお話ですか」

老人のこのゴルフ会の気楽さよ上手な奴は一人も居ない

秋の陽に映える足立美術館研ぎ澄まされし大庭園静寂

写真では承知しをりし大観の無我の童を間近に観をり

十月

寝る前に香り立つブランデー呑む習慣今日一日も穏やかたりし

上善水の如くてふ酒名にひかれ飲めば名のごと味淡かりき

水道水とミネラルウォーター飲み比べ差の判らざる良き国に住む

優秀で勤勉清潔な官僚の使命感薄めし官邸の罪

森友と加計疑惑の本質は李下に冠正さぬ一点

十一月

帰国時に洋酒三本まで無税かかる昭和も遠くなりたり

我の卒寿を祝ふコンサートにサプライズ口笛でクラッシック吹く美女現る

官邸を忖度し虚偽の答弁せるあはれな国になりにけるかな

沖縄の地方紙の特徴広告過多死亡広告は全面二頁

ソ連政府倒れし後に創業せしウォッカ「カウフマン」のソフトを愛す

十二月

年齢を考へず来し我にして近頃九十だナと思ふ事多し

NHK「思い出のメロディ」超豪華エコノミックアニマルはその歌知らず

困つたなこのコニャックの良き香りすでに三杯呑みしといふに

酒の肴冷凍食品買ひ込みて独り者正月の準備完了

ああさうか今日は十二月八日だね平和ボケせる世相も我も

二〇一八年（平成三十年）

一月

物思ひに沈む日多き年暮れて元旦の空は晴れ渡りをり

京の女《ひと》ゆ届きし毛筆の年賀状麗しければ栞にせんか

「語るなく」と陛下気づかはるる皇后のお歌抽《ぬき》んず歌会始

最高のキャビアの名前「ベルーガ」をウォッカにつけし名酒現る

カクテルのベースでありしウォッカも「ベルーガ」が出てイメージ変へぬ

二月

外国に来し思ひせぬ台湾も二月高雄《カオション》は摂氏二十五度

今日一日ありがたく終へぬ明日からも構へる事なく自在に生きん

ウィスキーはダブル二杯までOKといいお医者様だ日野原先生

ハリー王子の妃の母はアフリカ系ロイヤルファミリーに黒人の血が

ブダペストがテレビで流る青春の思ひ出の町よヴァーツィの宵よ

三月

菜の花の胡麻和へが出ぬ春近しオンザロックで米焼酎呑む

奈良漬とおかきをアテにコニャック呑む真夜中二時の一人の宴

「ドゥ・イット・ナウ」と天の声はいはいはい酔がさめたら片付けますから

木造の古き小舟で漂着せる北のどの舟も人既になし

この舟で大海に出れば死は必定朝鮮に生まれなくてよかつた

四月

禅宗と原始仏教は他と違ひ科学と矛盾せざる宗教

我参ぜし老師のつぶやき思ひだす「物理学校へ行きたかつたな」

アリス・紗良髪振り乱しドビュッシーを弾き終へ眼潤むを見たり

アリス・紗良昨年来し時はお座敷天ぷらドイツになしと喜びたりき

ロマノフ朝のツァーも貴族も愛でたらんかかるウォッカを我は飲み得ぬ

五月

悪い事さへしなければ好き勝手に生きんと我は覚り開きぬ

ゆつたりと平安末期の越天楽雅な美女がお琴を弾きて

テレビの題「やまと尼寺精進日記」このネーミングだけで絵になる

京都より届きしにしんそばを食ふ酒は甘口の日本酒にせり

美少年が美青年となり今回も金メダル取り清く微笑む

六月

台湾への大会もこれを最後にせん我も朋友も年老いにけり

森友の文書改ざんで自殺者出ぬ真犯人出せ忖度せずに

大碩学中村元《はじめ》先生は著書で釈尊を彼と呼ばれぬ

ひちりきでプレスリーを奏しけり東儀家も秀樹さんは今世紀の人

心身は一体なればうま酒で心満つれば身にも良からん

七月

立雛は正装なれど八頭身のお顔は白く幼子のまま

歎異抄の解説書読む矢張りさうかこれは仏教ではない親鸞教だ

百三十七億年前に宇宙創成俺の命はあと四五年か

不順なる今年も青葉の初夏来たる永田町の膿出さぬまま

シベリアの夏楽しまんと予約せしホテルキャンセルす気温五度とて

八月

写真展「満州風俗」に中学生の我憧れし新京ハルピン

奉天の満州医大の門前に人力車一台置きてありたり

ハルピンのキタイスカヤの大通り我にも読めるロシア語看板

五十九年前の八月十五日初訪ソより今に及べり

京五山送り火次々点火さる京の女等《ひと》も仰ぎてをらん

九月

釈尊もイエス・キリストもムハンマドも生るる前より地球はありぬ

大宇宙の微塵の星に我は生く今宵は晴れて星座明るし

仏像より無心に遊ぶ曾孫等の邪気なき笑みがブッダに近し

在家者の我が戒律は小欲知足旨き酒食を腹八分目

夏の暮夕空に淡く浮びをり二上山の頂二つ

十月

ＧＥがダウ平均から外されぬこの大企業さへ諸行無常

高松でさぬきうどんに誘はれぬ店は豪奢で料亭の如し

津田史学七十八年経て読みぬこれで禁固刑か戦争末期は

「人類が火星に移住する日」なる記事ありニューズウィークは地球を憂ふ

曽野綾子さん聖書を読むは快楽と我は禅語を読むは快楽

十一月

「年だから」等と言ふなと我をなじる八十五歳の草笛光子

「中欧の旅八日間」なる広告にチェスキー・クロムロフは入れてありたり

ソ連時代のグルジア映画「懺悔」見ぬ楽しみにせしトビリシ映らず

濃艶さの残る岡村美穂子さん鈴木大拙との十五年語る

カステラを食ふ度思ふ学友の文明堂中川逝きて久しき

十二月

年の瀬の家族旅行は伊豆にせり曾孫四人も連れて来られぬ

この文明何時地球を滅ぼすか二〇五〇年といふ説すらあり

九十一歳検査入院で全て〇誰のおかげか先づは乾杯

ジョージアは幾度も訪ね友も居き栃ノ心は大関守る

江戸時代の神仏習合図見つかるとこの道の権威菅原信海君亡し

二〇一九年（平成三十一年・令和元年）

一月

騒々しき紅白チャンネル切り替へればN響第九朗々とあり

足癒ゆればカートに乗りてゴルフせんとマヤ練習場に我を誘ひぬ

正月の空に梅の紅澄めり部屋に隠元の梅の額あり

ＮＨＫ細々《こまごま》と交通事故報ず日韓米中定まらぬ世に

膾炙せる般若心経は呪文なりと弘法大師も述べてをられぬ

二月

女の子を虐待し死なせし親は鬼鬼ならば殺しても殺人ではないぞ

「先生どうにかできませんか」と女の子学校児童相談所等殺人幇助す

無垢な子に俗世の悪知恵教へるな『こども孫子の兵法』なる書

逝きし友話題も酒も楽しかり彼女の好みのカクテル濃かりき

司法まで世論におもねる国ありて徴用工裁判日本社敗訴す

三月

大またで歩けとすし屋で範を垂る彼女はこれを恥づかしともせず

幸福度日本は五十八位なりと誰が信ずか桜開花す

チューリップは水を好むと朝々にやり続けて今朝芽が二つ出ぬ

財務省部下が上司を評価すとこれあらばモリカケ起らざりしに

吐く息と吸ふ息の間が我が命この一瞬を悔いなく生きん

四月

人の世に尊敬出来るは唯一人我が師師家釈大道老師

東大で印度哲学修めし師初関透過に六年かかる

無門関は初関透過の喜びを「天を驚かし地を動ぜん」と

マルクスを信じ純粋な我が老師は日本共産党員になられる

我が老師葬儀の導師は集金人の如き悲しみと詠みてをられぬ

五月

外務省令和をビューティフル・ハーモニーと我はビューティフル・ピースとしたし

令和になる前日総理は調髪さる我も馴染みの渋谷の店で

上皇も天皇も皇嗣もお妃はすべて令《うるは》しき民間の方

一度だけお目にかかりしよき人の文温かく文字美しき

十連休家にこもりて足りてをり明日は十時にマヤが訪ね来

六月

官邸の強権で官僚委縮すとゴルフ仲間の石原信雄氏愁ふ

今晩もアフターディナーはアレキサンダーブランデーベースの我の定番

五十年前のホンコンは眩しかり空しき言葉「一国二制度」

ハンガリー大使館での懇親会ハンガリーファンとグラーシュのみて

梵天も神も信ぜず真実に生きし人釈迦我が世尊釈迦

後記

二〇一三年（平成二十五年）から二〇一九年（令和元年）までの七十八ヶ月の、毎月感じたことを五首ずつ纏めた。

本書の題「赤心」は蘭溪道隆の偈からとった。

蘭溪道隆は鎌倉時代中国から来日し、衰退していた日本の禅宗を立て直した名僧である。北条時頼の禅と政治哲学の師であった。

時頼は蘭溪道隆のために鎌倉に建長寺を建て開山とした。

前川昭一

著者略歴

昭和２年東京生まれ　奈良で育つ　早大政経卒
㈱前川製作所・前川産業㈱・志村産業㈱　各社長
朝霧ジャンボリー・ゴルフクラブ　理事長
（公財）和敬塾塾長
日台ロータリー親善会議　総裁　等を経て
現在　志村産業㈱　会長
歌集『清涼』『浮雲』

検印
省略

二〇一九年十一月一日　印刷発行

歌集　赤《せき》心《しん》

定価　本体二五〇〇円（税別）

著者　前《まへ》川《かは》昭《せう》一《いち》
郵便番号一五六―〇〇四五
東京都世田谷区桜上水三―十一―二十

発行者　國兼秀二

発行所　短歌研究社
郵便番号一一二―〇〇一三
東京都文京区音羽一―一七―一四　音羽ＹＫビル
電話〇三（三九四四）四八二二・四八三三
振替〇〇一九〇―九―二四三七五番

印刷者　豊国印刷
製本者　牧製本

ISBN 978-4-86272-628-5 C0092 ¥2500E